句集

房州枇杷

杉山よし江

朔出版

序

七五三の祓酸素を送る音

この句を見たときは一瞬とまどった。自分がとまどったことに後からこだわった。

〈七五三の祓〉でいったん切れて〈酸素を送る音〉につながる。この上と下の断絶はイコールでつながっている。七五三の祓の音は酸素を送る音（のよう）であるというAイコールBの句。比喩としての「音つながり」であることは明白である。それ以外考えられない。AもBもそれぞれ意味は明瞭であって比喩としての関係もはっきりしている。そこからはその比喩自体の是非を問えば良い。そういう鑑賞の順序を辿る前に僕のアタマは立ち止まってしまっていたのだ。どうしてだろう。

「七五三」は冬季十一月の代表的な季語である。その情趣は我ら日本人であり俳人であるアタマに大いなる類型的情趣としてこびりついている。七五三から思い描く風景や情感を述べてごらんと言われたら、おそらく誰もが同じようなことを言うだろう。

一方で、〈酸素を送る音〉は決して明るい風景を暗示しない。美容や健康のために「酸素」や「水素」を利用する人が昨今いるにはいるが極めて少数派。命の維持に不可欠なその音からは危急の事態や不安を感じるのがふつうだろう。つまり、「七五三」という日本的なめでたい情趣と〈酸素を送る音〉の「取り合わせ」に対して、直観的にアタマの中が「ミスマッチ」と判定を下したに違いない。それが「とまどい」の原因であることに気づいた。「ミスマッチ」という僕のアタマが下した「直観的な判定」はしかし僕らの感覚にほんとうに沿っているだろうか。

僕らはめでたいときにはめでたいことしか考えないのか、不安の中にあってはただそれだけがアタマをずっと支配しているのか。

たとえば、七五三のときの「孫」や両親の幸せそうな様子を見ているとき、その孫を可愛がった人の笑顔が浮かび、その人がすでに故人であったとするなら、その人の亡くなられた様子が浮かんでくることは有り得ないことだろうか。

孫の頭上で振られる神主の幣の音から、その孫の幸せを願いながら亡くなられた人が浮かび、その人の最期の風景の中に在った酸素を送る音が一瞬アタマを過る。映画でいうならいわゆるフラッシュバックという技法。そういう「連想」は不自然どころか極めて自然なつながりではないか。僕らはみんなそうやって生きている。それにも拘わらず、最初に僕のアタマの直観は何故このつながりを感じ得なかったのか。それは僕が長い年月のうちに「俳句毒」ともいうべき固定的なロマンに浸り切って来たからである。俳句の従来的な情趣は、ものを見たり感じたりする僕らのアタマを、季語の本意やありきたりのロマンの中に固定させようとする。

日常の中にある僕らの瞬間の感覚のリアルをこの句は思い起こさせてくれたのだった。

よし江作品からもう一句。

　後ろ向きに上がるプールの監視台

この句にも驚いた。これは単にプールの監視員の動きを示している句である。監視員はどうして後ろ向きに監視台に上がるのか。プールの中の人を監視するべき職責を片時もおろそかにしないからか。そんな鑑賞は、人間の動作がすべて道理に合った明解な意図を持っていると決めつけたい人のものである。こういう人は「詩」に向かない。プール脇に設置された監視台の短い梯子を上がる監視員は、ふつうに上がったら上で向きを変えねばならない。その方向転換が面倒だから最初から後ろ向きで上がる。それが後ろ向きに上がる「動機」であろう。

ものの動きを観察していると実に面白い。面白いのは動きの動機が明解でない場合。よく見ることによって眼に入るあらゆるものが不思議に満ちていることに僕らは気づく。それが子規の「写生」である。

これら二句からもよし江さんの従来の俳句的情趣にとらわれない感覚がうかがえる。初心の人は何にも影響されないまま、ときに驚くような個性を示すが、よし江さんは既に句歴三十余年。ベテランがこんな素直な感受性を保っていられるのは極めて稀なことである。

クールな眼差しに哀感が自然に出るのはこういう句。

落蟬へ空蟬吹かれ来りけり

綿虫翔たす唇で押すやうに

伊勢海老を網より外すあやすごと

綿虫を目で追ふと人寄つて来し

中日の母お手玉のやうにをり

風花や退く海に見し五郎太《ごろた》石

哀感は押し付けのように出るとむしろ嫌味。隠し味のように香ってこそ心に響く。

明るいユーモア漂う句もある。

茎立ちてほがらかな隙生まれけり

連翹や酒好きより酒の礼早し

トッパンビルより立春の朝日かな

夏燕改札で二度握手せり

そして、冒頭に触れた二句のようにどこか不思議さを感じさせる作品。

霧の夜の屋根に忙しく動くもの
蟬殻の見つかるやうに幹にあり

屋根に忙しく動くものは何だろう。屋根の下に居る作者が感じている目に見えない存在かもしれない。蟬殻はどうして〈見つかるやうに〉幹にしがみついているのだろう。僕ら人間も含めて存在のはかなさと忘れられてしまうことへの怖れも感じさせる作品である。

隠れたき日や花枇杷の毛むくぢやら
千葉県安房郡鋸南町に在ったわが母校・保田小学校は二〇一四年に廃校。現在は、道の駅「保田小学校」として名のみ残っている
房州枇杷溢れ母校は道の駅
枇杷を買ふ「ビハ」と生地の訛にて

句集題になった句を含むこれら三句はよし江さんの故郷千葉の名産「枇杷」の句。どの句も明るくて温かい。

手袋編む今は高校生辺り

これは楽しい句。手袋を編んで贈ろうとしている相手が今は高校生になったかなという「孫俳句」にも見えるが、僕はそうは取らない。手袋を編んでいる自分が初恋の頃の高校生に戻っている感じ。編むほどに若返っていく「私」。いいなあ、よし江さん。

今井　聖

二〇二〇年九月

句集　房州枇杷　目次

装丁　奥村靫正／ＴＳＴＪ

句集　房州枇杷

Ⅰ 初蝶

一九九八年―二〇〇四年

二十五句

アンテナの影映りをり葦芽ぐむ

初蝶の草に沈んでゐる時間

春の猫耳のあたりが獣なる
製材の音うねりたる蝶の昼

中日の母お手玉のやうにをり

トンネル菜の花トンネル菜の花お母さん

溶岩に縦横の罅桜咲く

テント劇場役者に猫の子の懐く

弔ひに犬蹤いて来る金盞花

筍を掘る音聞きに来いと言ふ

算額の図形美し五月来る

鼠花火四尺の路地広かりき

通り合はせて山開きの祓受く

高原の一樹捉へし稲光

一日のぽつかりとあり秋の水

鷹渡り船の一日始まりし

昼の虫膝に打たれし円皮鍼

風向きの海へ変はりし秋祭

紅葉や声はゆつくり衰ふる

霧に日の射し乗鞍岳郵便局

発したる声に驚く日短

寒禽の群れ飛ぶ空の伸び縮み

冬青空決むること疾き生まれつき

白鳥来駅前の道水びたし

餅を搗く飛入りの腰定まらず

II

蹴る力

二〇〇五年—二〇〇九年

六十句

ポスターを並べて春の来てゐたり

梅咲けりためらひのなき埴輪の目

ものの芽や地に落ちてゐるボールペン

自販機のことんと鳴りて蜥蜴出づ

猫柳土鳩の声は陽の匂ひ

牡丹雪話のずれてゐるらしく

帰りゆく雁の動悸とわが動悸

上山《かみのやま》小学校卒業式吹雪く

花曇はらはらされてゐたりけり

花見あと子の切り出せし話かな

紙風船四人合計二百歳

約束の土手の桜を見てをりぬ

囀の山にゐて歯の疼きだす

風呂は極楽八十八夜かな

壺焼の采配男言葉にて
夏来りけり舟偏の文字いくつ

亀を飼ひゐて草笛の上手なり

アロハシャツに馴染みし人を信頼す

見開きをはみ出してゐる夏の雲

ま昼間の水中花より泡一つ

人形店水無月の風通しけり

青空のひらひらと揺れ夏欅

通信圏外なり風の綿菅

「TOSHIBA」のロゴより赤き蟬時雨

八月のやはらかく腹減つて来し

八月の山の胸板女たち

鳥の貌してペンギンの浮かぶ秋

豊年のみしりみしりと来てゐたり

再会やこもごも瓢の実を吹いて

蜩や男から襞失せてゆく

九・一一蟷螂の見てゐるもの

自然薯を掘りに行くといふ脹脛

鍬先に自然薯の香を掘りあてし

秋の薔薇座蒲団で母高くせり

鳥籠の灯りて二百十日かな

鳥渡るなり正露丸糖衣錠

どきどきと今年の雁を迎へけり

わが声の届かぬ高み鳥渡る

釣瓶落しや立読みののつぺらぼう

台風の刻々迫る理容灯

童唄畳に秋の日の伸びて
わが生れし十月のメタセコイア

柿を煮て渋蘇らせてしまふ

蹴る力しつかりとあり紅葉山

杉容れていよいよ紅葉らしくなる

参道の銀杏売を三日見ず

立冬や木を植ゑて空完成す

蒲団干す芝浦運河へ迫り出して

一日の影なくなりし蒲団かな

察し合へるほどの隔たり鴨泳ぐ

千手観音千の手の冬の音

冬の蒲公英そこはかとなく地熱

冬青空すとんと郭跡ありぬ

山茶花や忘るるときの来てゐたり

冬が明るい空濠の向う側

冬林檎病後頷くこと多く

新聞を捲ればがさと年詰まる

自転車と荷台に積まれ年の暮

寒卯朝から青き空のまま
神宮にラグビーの笛年新た

Ⅲ　尻餅

二〇一〇年—二〇一四年

八十一句

海山のかたち見えきて二月開く

蔦芽ぶくキリスト教の絵解き本

幔幕を荒き風打つ梅まつり
三月の軒に立て掛けあるカヌー

うららかやわが家を江戸絵図に印し

貝塚に番地ありけり風光る

絵師の地の丼で食ふ浅蜊飯

茎立ちてほがらかな隙生まれけり

文鎮も猫でありけり暖かし

夕空晴れて団々の欅の芽

囀や大木の洞は童話なり

転居

紅椿白椿子に育てられ

鹿尾菜釜にかしづく母と別れ来し

社務所より声の洩れ来る納税期

春の風邪人白くゐる川向う

春分の消しゴムをよく働かす

桜咲く母の合切袋かな

桜描く横顔も花明りせり

花疲れ多摩の横山見てをりぬ

花藤は山の瓔珞出羽に入る

菖蒲植う時々見取図を覗き

新緑を映して揺るる耳飾り

ファスナーに服の噛まるる薄暑かな

幼子に葉つぱの笛となる不思議

つつかけ履きで章魚漁の潮読みに

一年生の指入れさすする蟬の穴

雲の峰日々を生きゐて音立つる

曳く翅ももろともに蟻裏返る

梅雨晴間風入れて家広くせり

炎天のなべて傾く磧石

夏鴨の眠りの鼓動羽にあり

歳三や勇や多摩に梅熟るる

梅の実の落ちしままなる地の明り

桟橋の網繕ひに片蔭なし

蛇捕りの話を寝間に移りても

七十や体からよく汗の出る

千社札とアイスキャンデー並べ売る

吊り直したる風鈴に別の音

明早き食堂の灯や御徒町

落蟬へ空蟬吹かれ来りけり

鳥海《てうかい》山の暁の光のあめんぼう

鳥海山見え一村のだだちゃ豆

新盆の家海鳴りのしてゐたり

鰯雲巨石に二礼二拍手す

鰯雲数分ほどを連れ立ちし

画用紙に触れし零余子の零れけり

雁渡し渚に燃やす寿司の桶

恐竜の足型へ足秋うらら

掘割に落ちし蜻蛉の回り初む

桟橋に拍手ひびけり雁渡し

写さるるモデルの後ろ鯔跳べり

秋高し伏甕あれば底叩き

秋日和とは足音の増ゆること

色鳥や父の鞄を持ちたがる

釣堀に刻流れをり草の絮

水澄めり手拍子の音遠くより

掻き混ぜて二百十日のぶつかけ丼

昼過ぎの電話雨中の茸見え

鳥渡るのけぞり外す背負ひ籠

焚き殻の道に漂ふ秋祭

待合せすぐに大根播く話

縁あつて尻餅つきし紅葉山

ストーブ燃ゆ手配写真が目の高さ

のうのうと犬の寝てをり掛大根

隠れたき日や花枇杷の毛むくぢやら

時化三日父の編みゐる太毛糸

親しくて電話稀なり花八手
切干刻む切干の内に坐し

蓮掘りの頭上に低し飛行音

貼り交ぜ屛風焦げ跡のありにけり

冬至柚子二滴三滴父を拭く

日短し線路を検べ打つ音も

巣鴨プリズン跡

碑の握り飯形冬木の芽

八十の手習ひと注連綯ひゐたり

木鉢刳る雪の深さを言ひながら

寒晴のきんきん削る船の錆

白鳥飛ぶ人無き通り理容灯

探梅やポケットに飴確かめて

笹鳴や径浸し来る湖の水

人日の顔近く飛ぶ鳩の群

ふるさとの海の隈なし鏡餅

Ⅳ　煙茸

二〇一五年―二〇一六年

四十九句

融雪栓開くや赭き水しぶき

石垣の高ければ梅濃く匂ふ

三人の二人許され梅畑

石蓴《あをさ》に滑り重心を正しけり

春曙ギターに垂れて人眠る

牡丹雪握手するため距離を置く

受験生バックミラーに戻り来る

巣箱の下で待ちをりゆずのコンサート

土筆の袴取りて小田原駅ホーム

動くものあれば春光飛びつける

連翹や酒好きより酒の礼早し

浦島草見て来し夜の温泉《ゆ》の鹹し

蕗を煮る大きな月の上がりけり

撒水車東海道に入りけり

水替ふる間も赤腹の孵化すすむ

声高く車窓の植田比べ合ふ

農の伯母粟播き蟬と呟けり

蟬殻の見つかるやうに幹にあり

落蟬のつと飛び立てり蟻付けて

煽がれて烏賊の寿司食ふ帰省かな

梅花藻へレンタサイクル走らせし

箱眼鏡の痕が額に赤くある

忘れ物祭の駅で受け取りし
後ろ向きに上がるプールの監視台

クリーニング相馬屋の大金魚かな

山虻に刺されし腕夏終はる

七夕や医療酸素を補充せり

ペコちゃんの頷いてをり鳥渡る

煙茸蹴る口元が「ほ」の形

フラメンコ・スタジオ雀瓜は実に

黄菊紅菊神鈴のよく響く

柿泥棒と冷やかされたる嬉しさよ

屑藷を畝のビニール押さへとす

山の日のいまだに高し胡麻筵

種茄子に罅入つてゐる祭かな

湖を捲りて霧の横なぐり

紅葉のにはかディキシーランド・ジャズ

秋見遣る三省堂の辻に立ち

爽やかに甲斐の稜線命名書

草紅葉六兵衛うどん食ふ列に

秋祭の段取り潮目読みし後

家壊す鮫鱇吊せし釘もろとも

関ヶ原大根ひりひりと乾び

山口の土竜塚みな霜柱

耳飾りマフラー外すとき鳴れり

小六月コックが肉を見せに来る

冬の鵙昭和二十年製陶貨

糶待つとドラム缶に火を焚き始む

ラグビー場応援席の御慶かな

V

置き去りに

二〇一七年—二〇一八年

五十九句

トッパンビルより立春の朝日かな

野焼跡女ばかりと擦れ違ふ

王冠のバッジを集め卒業す
故郷は礁に萌ゆる鹿尾菜の黄

スカーフを巻き直しては芹摘めり

花辛夷ひとり居へどっと子の眼

三行のメール六通黄水仙

春の風わが延命を問はれをり

二塁回る少年は夫揚雲雀

迫り上がる濤や若布の全長立つ

抽斗に眼鏡の溜まり桜咲く

エプロンの鱗をはたき日永し

むつと菜の花見覚えのなき駅で覚め

藤房を差す指健やかに太し

柳絮きりなし置き去りにされてゐる
すぐそこと言はれし遠さ麦の秋

五月来る電話に夫の友の声
ビヤガーデン道を隔てし屋上も

ポケットの蛇の衣見す道聞けば
まくなぎの宙あり陣屋門の内

右耳へ大きく話す青葉の夜

牡丹赤し野放図に蕊曝しゐて

鎌に触れ毛虫緑をしたたらす

漁に灼け祭に灼けし男なる

名神を来し同期会蛍飛ぶ

黒文字の葉の茶と言へり避暑の家

「三井寺」を謡ふ間の夕立かな

実梅落とすを百歳の見てをりぬ

七月のくだりの夫の病中記

十の字に涼しく川の合ふところ

水栓柱取り巻いてゐる祭衆

足し算競争避暑の子と宿の子と

滝汲みし瓶濁りけり雫して

地下街の沢蟹覗きゆく人ら

千葉県安房郡鋸南町に在ったわが母校・保田小学校は二〇一四年に廃校。現在は、道の駅「保田小学校」として名のみ残っている

房州枇杷溢れ母校は道の駅

枇杷を買ふ「ビハ」と生地の訛にて

病む伯母と甘酒つくる話せり

櫟揺らす役兜虫拾ふ役

留守五日して梅汁の上がりゐし

鴉の裂く肉片赤し日の盛

仏の夫へ夕刊フジと冷珈琲

味気なし夫に西瓜を供へし後

墓洗ふ東京湾の橋を来て

盆が来る鳥黐の木も太くなり

秋天や木の椅子欲しき墓の前

食べてみて手に粘らせて一位の実

筆柿のぼんやり甘し足疲れ

霧の夜の屋根に忙しく動くもの

文化祭メディア演る者一歩前へ

七五三の祓酸素を送る音

綿虫翔たす唇で押すやうに

握力で体占ふ冬至かな

首筋に男の齢クリスマス

咳き込みて針穴通すごとき息

夜の火事鋸山を照らしけり

留守居して鰤のあら煮をほぐしをり

豊かなり炭火の澄みてゆく時間

風花や退く海に見し五郎太《ごろた》石

伊勢海老を網より外すあやすごと

VI

団扇風

二〇一九年―二〇二〇年

五十七句

貝塚はうねる野となり囀れる

大鉢の薄氷風に動き出す

配送車の観音開き春立てり

茎立の花構はれぬ暮しして

冴返る母の一代の鍋の数

春の薔薇実印持ちて嫁ぎけり

灯を低く菜の花量りては束ぬ

春の蠅弾みをつけて発ちにけり

刻の来て水流れ入る蝌蚪の紐

目借時聖堂の楽怖ろしき

干若布包むに力塩梅す

花の後葉桜までをぼうとをり

夏燕改札で二度握手せり

左手に鎌の創痕麦熟るる

うたた寝や母にはあらぬ団扇風

祭幟立つると海の風応ふ

鯖の干物焼いて生家の話して

山車を揉む男の腰の女帯

青蛙の卵塊皺みゐる回忌

泰山木歩くに腹の力入れ

夏旺ん窓開くるたび年を取る

向日葵や背へ回り来し肩の凝り

沢蟹のゐると言ふ石動かしぬ
病床で目高心配してゐたる

房州の鰺のたたきを見舞とす

楊梅の地滑り先で実をつけぬ

目高明るし身の丈の糞を曳き

逝く夏の陸へ傾げる防砂林

秋立つや外輪山の風車群

牛鳴いて葉鶏頭に日のかんかんと

ジビエ本送りし礼の今年米

刈葦と妻を荷台に没日中

串焼の鰍の形相喰らひけり

炒め方聞きて小振りの通草買ふ

豊年や時政像の大頭

蜻蛉の片翅蜘蛛の囲に動く

畦を来る二人掛かりで鮭提げて

穭田は今そよぐ丈佐久郡

雑木紅葉月山口へバスが着く

数珠玉より低し籠負ふ母の丈

菱の実大き展望室のナポリタン

ぺたぺたと書架へ近づく秋の暮

綿虫を目で追ふと人寄つて来し
手袋編む今は高校生辺り

いつになく遅き寒柝寝て待てり

心許なし餅米を蒸す火の加減

多弁なり胸に聖樹をきらめかせ

着膨れて茶房の騒めきの親し

冬籠供へし百合の香に噎せて

除夜詣消防服の友佇てり

汎太平洋の鐘

冬晴るる南洋寺の鐘の傷

無人の蜜柑買ふに小銭をくづし合ふ

豆畑の枯れ延々と送電線

裸木に摑まり赤き川覗く

編み直しせしセーターの結び瘤

三人が霜焼浸けて桶賑はふ

辛夷の芽千鳥ヶ淵に日の跳ねて

房州枇杷　畢

あとがき

俳句を作り始めてから三十余年が過ぎた。長かったようであっという間のようでもある。

友人との泊りがけの吟行に運転を買って出るなど、句作を常に支えてくれた夫の三回忌を機に、句集を編もうと思い立った。仏前に捧げようと思う。

振り返ると、加藤楸邨先生の「寒雷」に投句をしたのが始まりだった。爾来、俳句の手ほどきを賜った「槌」の小檜山繁子先生、「ぽお」の大坪重治先生、「陸」の中村和弘先生、そして、ナマの現実を独自の視点でと説かれる「街」の今井聖主宰のもとで学んで来られた幸せをしみじみと嚙みしめている。その導きをどれほど自分の血肉とし得たか心許ないが、一冊にまとめることで、遅々とした句歴を顧みる手掛かりとしたい。

集中には故郷房州を詠んだ句が多い。房総半島の東京湾側、対岸に富士を望む温暖な生地では、夏に入ると特産の枇杷が実る。よく食べていた。黄橙の穏やかな色合いが好ましい。句集名を「房州枇杷」とした所以である。

一括りに農山漁村というが、俳句では農の句に比べて漁に関わる作品は少ない。海辺の暮らしを知ってほしいと思っている。

ご多忙のなか、選句と温かな序文を賜りました今井聖先生には心よりお礼申し上げます。

また、俳縁につながる皆様とのご交誼は何ものにも代えがたく感謝致します。朔出版の鈴木忍様には大変お骨折り頂きました。ありがとうございました。

令和二年八月

杉山よし江

著者略歴

杉山よし江（すぎやま　よしえ）

1943 年 10 月、千葉県生まれ。
1980 年代半ばより加藤楸邨選「寒雷」に投句を始める。
小檜山繁子代表「槌」、大坪重治代表「ぽお」、中村和弘主宰「陸」を経て、2010 年、今井聖主宰「街」に入会。
現在、「街」同人、俳人協会会員。

現住所　〒 112-0005　東京都文京区水道 2-3-15-503

句集　房州枇杷　ぼうしゅうびわ

2020年10月25日　初版発行

著　者　　杉山よし江

発行者　　鈴木　忍

発行所　　株式会社 朔《さく》出版
郵便番号173-0021
東京都板橋区弥生町49-12-501
電話　03-5926-4386
振替　00140-0-673315
https://www.saku-shuppan.com/
E-mail　info@saku-pub.com

印刷製本　中央精版印刷株式会社

ISBN978-4-908978-53-1　C0092